三言良語

〔作者序〕天黑了！讓我爲你點起一盞燈

一九七三年，我出版了小品散文集《螢窗小語》。相隔四十年，又出版了這本小品散文集《三言良語》。

四十年是多長的歲月啊！四十年前我是初入社會的新鮮人，在曙光中賞景，帶著朝霞與晨露，現在我是在夕陽裡回味，帶著金黃的餘暉。

我沒說「感傷的落日」，而用「金黃的餘暉」，因爲我從來不覺得年長有什麼不好。看過四十年的滄桑，繞了地球一圈又一圈，當所有的別離與相聚、蕭條與繁華都經歷了，知道花開花落應有時，即使苦難也值得回味。

所以這本書應該是泰然的！泰然地看世間百態，再把我經歷之後，得到的教訓化爲簡短的文字。裡面有我對少年的期許、對社會新鮮人的叮嚀、對憤世者的平撫、對困頓者的鼓勵、對父母們的建議和對生命的感悟。

雖然是每篇不過一百四十字的小品，寫來卻並不輕鬆，甚至因爲受到在微博上發表的限制，使我常得用最精簡的語言單刀直入，譬如談到工作，我說：「沒發揮的容易荒廢，沒學習的容易退步，沒變化的容易老朽，沒未來的容易腐化。」

談到處世，我說：「想要天地寬，先得內心寬；想要看得廣，先得沒偏見；想要行得通，先得留路給別人；想要家和萬事興，先得當家不鬧事。」

談到親情，我說：「對小孩子不可放任，對大孩子不能放縱，對成年的孩子要放手，對成家的孩子要放心，對失敗的孩子別放棄，對沒良心的孩子得放下。」

談到戀情，我說：「戀愛是他們自己的事，苦與悲只堪他們自己消受，做心靈的功課、等自然的平復。外人不必惋惜也不該竊喜，無須評論也很難安慰，只能偷偷憂心，暗暗關懷、默默陪伴。」

談到教育，我說：「世上最可悲的事，莫過於硬逼一支鼓，說：『你爲什麼不作大提琴？』鼓是鼓，琴是琴，天生我材必有用，丈夫未可輕年少！」

談到金錢，我說：「老年人把錢放在第一位還行，因爲前途已經不遠；年輕人把錢放在前面就錯了，因爲看得遠比什麼都重要。有前途就有錢途，只看眼前的棋士，很難贏得整盤。」

談到母愛，我說：「母親，另一個名字是等待。等錯了的孩子回頭，等流浪的孩子回家，等不爭氣的孩子爭氣，等失敗的孩子成功。用信心愛心耐心等，就算今生等不著，也到來生等……」

談到遠行，我說：「遠行的人報喜別報憂。報憂若是撒嬌，撒嬌要在眼前；報憂若是求救，救的人卻在遠方。報憂的人常說：『你別擔憂』，又擔憂對方的擔憂，結果憂上加憂，何必報憂？」

談到思念，我說：「思念也可以像一盤菜一盞燈，讓人從遠處嗅到，自巷口看見，一股溫暖浮上心頭：我思念的人正思念我的歸來，那不是一盤菜一盞燈，是藏在後面的思念。」

我住在紐約郊區，因爲人口少，鄰家距離遠，又隔著許多庭園樹木，夜晚一片漆黑。所幸家家都有門燈，即使沒等待家人，天一黑也全亮了起來。讓我想起小時候，每次夜晚放學回家，走到巷口，看到遠遠家門的一盞燈，覺得好溫馨！

過去我寫書常以兒女爲訴說的物件，而今孩子都大了，不再需要我的叮嚀，就讓我寫出這些小小的篇章，如同在暗巷裡點起一盞盞小燈，不爲自己的孩子，爲每個有緣人吧！

一沙一世界、一花一天國、一葉一心燈！

願這百餘篇短文，
如同小小的砂粒，有柔軟也有堅持。
如同小小的花朵，有芬芳也有甜蜜。
如同一盞盞小燈，雖不明豔，卻能溫暖人心。

劉墉

目錄

二、走，是爲了回家

三、一人一個夢，當下成功

四、有緣、有願、無怨

人生風景
隨走隨想

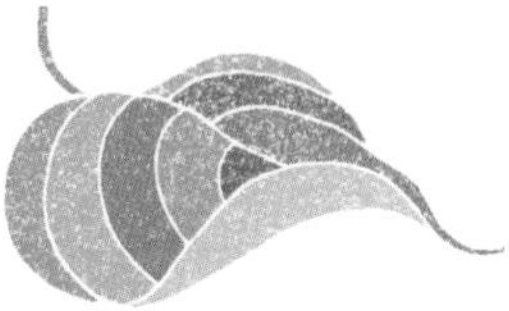

人生不能死心眼

天氣奇佳，想好久沒去檢查眼睛，請太太開車載我去。她把位址輸入導航，一路聽導航的居然愈開愈遠，迷路了。

太太很氣，我說：「別急，又不是非今天看眼睛不可，循原路回家吧！只當出來郊遊。」

才說完，兩邊的風景居然就靚麗了起來，前面沒見到的繁花和新綠全出現了！

人生不能有死心眼，心裡不能有單行道。

有悲喜無得失

有朋友為人調解，自己卻氣得要死。

我勸他：「為人動手術，前一刀病人才死在手術台上，接著就能心平氣和地動下一刀，才做得成良醫；為人調難解紛，前一刻才當了裡外不是人的豬八戒，後一刻又能心平氣和地繼續努力，才做得好調人。」

有悲喜心，而無得失心，才能有大成；有無邊喜捨，而沒絲毫怨懟，才能成上師。

不過一具臭皮囊

一個醫生對我說他學生時代有一天解剖，想刀下的那個人一定曾經很神，而今又如何？下課回家，躺在浴缸裡，低頭看自己好像見到一具屍體，突然有個感覺——人不都一樣嗎？

從此他看別人都覺得在看自己，當別人對他無理發怒，他會想那是個跟自己一樣會哭會笑會愛會恨、死後冰涼的人在不高興。接著，他非但不氣，反而會同情。

得捨之間

猶太人有個故事：一隻狼發現圍牆內有美食，但是自己太胖，擠不進牆縫，就拚命節食，硬是餓瘦了，擠進去飽餐。可是接著發現自己又胖了，出不來，於是再禁食多日，終於脫身回家。

人生無常，要捨才能得，得了還要捨。得與失交互出現，不必為得自滿，也不必為失傷悲。

人生得與失

苦難中人從正面思考，才能激勵自己從跌倒的地方站起來。

享福的人沒有抱怨的權利，因為已經有了不少，該感恩自己的得，而非抱怨自己的失。

有房子就有白蟻，有糧倉就有老鼠，有子女就有煩惱，有身體就有病痛。人生要從正面思考。

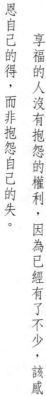

堅持自己

帶女兒去慕田峪，下山看見水果攤，女兒試吃了一個，手裡攥著剝下的果皮，四處找垃圾桶，有小販看到說：「扔地上啊！妳沒看見滿地都是嗎？」女兒說：「別人我不管，只管好我自己。」

深夜在上海，碰上紅燈，一位老先生拉太太說：「沒車，快過！」老太太說：「要過你過，紅燈我不過。」

想要世界好，別管人家怎樣，先由堅持自己對的原則做起。

尊重第一

我曾在台北開了個「青少年免費諮商中心」，來的都是問題少年，我會讓陪同的師長在外面坐，請孩子到屋裡談。先問他喝點什麼，並用金邊杯盤端給他。孩子多半會露出驚訝的表情，難相信自己能得到這樣的禮遇，我的諮商也因此有了好的開始。

對任何人——就算是孩子，也應該先尊重他，尊重他是有思想的獨立個體。

下場靠智慧

要學柔道嗎？先學怎麼被摔而不受傷。要創業嗎？先學怎麼吃虧而不傷本。

人生像競賽，為了保存體力，可以選擇放棄；為了不再挨打，可以選擇倒下；為了發現受傷，可以中途退出；為了東山再起，可以宣布破產。

承認失敗是戰略，是修養，是自知之明的成熟。

上場靠機會，撐場靠本事，下場靠智慧，反敗為勝靠忍耐。

為心靈作導遊

老友考上導遊，我說先導我遊台北吧！他果然說得頭頭是道；我又要他導導兒時住的那條街，他說那有什麼好講的，我說：「走！咱們現在就重溫舊夢！」

我們一路走去，景物變化大極了，可還能隨著地標回憶——這裡住過誰，那裡出啥事。愈想愈多。

人生處處有風景，只因熟而不見。試試今天就在你家附近，來一次自我的心靈導遊。

遠行別報憂

遠行的人報喜別報憂。

報憂若是撒嬌，撒嬌要在眼前；報憂若是求救，救的人卻在遠方。報憂的人常說：「你別擔憂」，又擔憂對方的擔憂，結果憂上加憂，何必報憂？

既然走了就別訴苦，就算是他逼你遠行也別說。說是怨，是傷，傷你也傷他。

遠行的人沒有思鄉的權利，思鄉只會影響前進的腳步。乾脆點，能走就別怨，真沒了路，再回頭。

少數的堅持

幾人同行，你給乞丐錢，別人可能揶揄你。因為你行善會對比他的不及，他必須給你找個說法，也為自己搭個台階；一群人遇到紅燈，別人闖，只有你不過，他們也可能笑你。

當你受一群人揶揄，是很難堅持的。但只要堅持幾次，或被人私下見到你始終如一，那就成為你的「格」。是風格、是人格，更是「雖千萬人吾往矣」的格局！

不問不答不回頭

不聞不問不是不想，不回頭不是不念，如果問了答了心更沉了，無奈的還是無奈，沒救的還是沒救，又何必問呢？

該走的還是得走，要留的還是得留，前面的路只能自己面對，回頭又有什麼用？

在電視上看到，一個在北方病危的老父和他在南方病危的兒子視訊：「我們一樣不好也好，幫不了彼此就自己加油吧！」

沒問沒答沒回頭，多豁達！

關門小氣，開門大方

孩子為父母辦事拖，為朋友做事快，因為父母跑不掉；對外人彬彬有禮，對家人張牙舞爪，因為在自己人前不必裝。

子女把病親撂在家裡，卻去醫院探訪老人，因為對外人好才是慈善；旅館對本國人冷淡，對洋人有說有笑，因為客從遠方來；企業關起門小氣，打開門大方，因為那是排場。

誰說胳膊肘朝內彎？錯了，外彎才顯本事啊！

放任、放棄、放心、放開

我們常勸人要放下，其實放下是拿起，是接納，是承認。譬如對兒女的另一半不滿，想想畢竟還有可取；愛人變了心，想想該走的也留不住；孩子考不上學校，想想賈伯斯大學沒念照樣成功；事業失敗了，想想只要青山還在，就能從頭來過。

所以放下不是放任，不是放棄，而是放心！把心放開，將波瀾放進去，身心安頓，不再激盪。

別人的恩典、自己的責任

想想年少輕狂的我們犯過多少錯，只因沒被抓而逃過了懲罰？想想每天走在街上有多少可能被撞？只要哪個駕駛閃神就能讓我們家破人亡。

從相對的角度想，別的輕狂少年犯了錯，我們能因此否定他，非要懲罰到底嗎？我們開車時能不小心翼翼以防閃失嗎？

我們每天都活在別人的恩典和自己的責任中，總得謝謝別人、告誡自己！

沒落由妥協開始

我住的樓下有電動門，每次看見門被硬敞著，我都會關上。有住戶說開著涼快，我說既然約定憑磁卡出入就該遵守。

同樣道理，有些住戶為求通風，把安全門敞開，豈知失火時濃煙竄進去，安全門就沒了作用。

社區沒落常從住戶的妥協和投機開始，這家蓋棚子，那家釘鐵窗，沒多久就全變了樣。只有嚴格地執法守法，才能維持高品質。

當鳥鴉都黑的時候

一個重刑犯寫信對我說，有次獄卒罰一群犯人跑到遠處的柵欄再跑回，最慢的人受罰，他拚命跑，但是最後回到原點。獄卒大吼：「你最慢！伏地挺身五十個！」

他乖乖接受處罰。完了，獄卒小聲說：「其實我看到別人都沒跑到柵欄就回頭，只有你沒偷懶。可我如果罰別人，你以後還能混嗎？所以我處罰你是為保護你。」

看完信，我百感交集。

守好自己的戰線

如果人生像戰場，丈夫守第一線，妻子守第二線，就該各自負責。丈夫不必把前線的危難告訴妻子，害她寢食難安；妻子也不必把小災小病時時向丈夫報告，讓他有後顧之憂。妻子甚至在丈夫面臨槍林彈雨的時候，不可在後面呼喊：「小心吶！」因為回顧的頭最易中彈。

辦公室也一樣，那些總跟下屬訴苦和向長官請示小事的人都要反省。

教育要真實

中國人特愛吹捧孩子，一科考一百分，一科考六十分，父母四處宣揚那一百分，完全不提六十分。造成別家用一百分做模範，罵自己的孩子。

媒體也愛報導天才兒童的神話，問題是大家真那麼神嗎？不神的孩子都是鬼嗎？教育家應該把真相攤開，資優生的家長也該把曾經遭遇的困難說出來，幫助那些表現差的孩子建立信心，這樣做才是愛的教育，是誠實，也是積德。

教育像根雕

最好的教育像做「根雕」——從土裡把枯樹根挖出來，除去朽爛的部分再細細觀察，從木材的姿態、質理規劃，如何既發揮我的創意，也發揮它的長處，雕成最美的藝術品。所以下的刀不多，卻能有最好的成績。

至於那些不看材質，只想把每塊木頭雕成一個模樣的老師，教書的功夫大，學生的損傷多，死板不變，勤苦難成，只能算個教書匠。

傾聽的藝術

當人述說失意時，你的傾聽可以讓他覺得不孤獨，得到心靈的慰藉。當一個人說得意事，你也要傾聽，就算很不怎樣也別潑冷水，而要想「他只有這點可吹，就讓他好好吹吧！」如果你再鼓個掌喝個采，他就更高興了。

找機會面對你久未深談的親友，傾訴自己，也傾聽他們吧！

傾聽，是必要的修養。

有場面，沒骨氣

我種的海棠和番茄曾長到三米高，因為我照顧得好，它一路長我就一路綁。問題是只要把支架拿開它就倒，而且花果都少，反不如只稍加輔助的。

教育也一樣，你拚命填鴨補習，把孩子教得好似高人一等又如何？二十年後看看，他們能比人強多少？只怕有場面，沒骨氣，離開父母就垮了。

必要的支撐沒錯，可千萬別好大喜功，過了度！

吃小虧，划大算

如果你這次吃虧，可以讓下次不吃虧，這次的虧就沒白吃；如果你這次吃小虧，可避免下次吃大虧，這次就算是賺的；如果你吃了大虧之後能四處告誡，讓別人不吃虧，則是積德。

人人會說「不經一事，不長一智」，可有幾人真能痛定思痛？又有幾人能吃小虧，划大算？

吃虧之後只會抱怨的人是弱者，自己被害死之前還能教別人不上當的才是勇者。

不許人間見白頭

有千萬從眾的養生大師沒有資格生病，就算病了也得瞞著，否則就對不起追隨者；有傾城美貌的女子不許衰老，否則會引來驚嘆——原來青春女神也會凋零。

人們都要偶像，自己不行，偶像要行；人們都要英雄、神話，因為神才能成為英雄！

當英雄戰敗歸來，得到的常不是安慰，是怨恨。恨他欺騙，恨他摧毀了大家心中的英雄。

人生要感覺

愛情發生要視覺，發展要感覺，醞釀要嗅覺，成熟要睡覺，生存要味覺，持久要聽覺。

感覺不好，還有視覺享受；視覺不佳，還有睡覺幫忙；嗅覺遲鈍，能靠味覺支援；睡覺消失，還有聽覺享受。

年輕時品味不對，可以視覺補足；中年時視覺褪色，可以關燈想像；老年時睡覺退化，可以談天說地。這就叫——點燈說話，關燈作伴兒！

不為功利學

「書中自有黃金屋，書中自有顏如玉。」這句話沒錯，但是反過來說的話就太功利了——「要黃金屋嗎？讀書；要顏如玉嗎？讀書！」存這想法的人，很難得到讀書的樂趣。

同樣道理，「善有善報」沒錯，如果反過來講，為了善報而行善，境界就差了。

佛家說：「不知道的行善，才是真正的行善。」讀書人應該說：「不為功利而好學，才是真正的好學。」

當家不鬧事

你看不上別人，別人八成也看不上你。

說一代不如一代的人，多半已經跟不上時代；只吃某種口味的人，八成做不了美食家；心裡只有單行道的人，總會在內心跟人撞車；閃避每個坑洞的駕駛，失事率特別高。

想要天地寬，先得內心寬；想要看得廣，先得沒偏見；想要行得通，先得留路給別人；想要家和萬事興，先得當家不鬧事。

出拳要對外

在電話裡跟人吵架，最不值的就是摔電話。你摔，對方不知道，把電話摔壞是你自己損失。搞不好改天買新電話，還讓對方嘲笑。

同樣道理，釣魚島事件使你看到日本車有氣，那氣不是讓你去砸自己人的車，是加倍努力做出更棒的車給自己人用。

胳臂朝裡彎，拳頭往外打！不爭一時，要爭千秋。報復最好的方法是當下努力，自己成功，而且成大功。

往前一步

談判有個基本原則，就是一定要往中線前面多站一步。即使最後雙方討價還價，大不了站回原先的中線，誰也不吃虧。

對於尋釁侵入的對手就不同了！非但要把對方逼回中線，而且得往前多站幾步，以後就算講和也不能退回原點，最少要比先前多些。

這是必要的，告訴對方尋釁非但沒好處，還會有損失，這樣反而能帶來較長久的和平。

老得快，死得慢

朋友說他想由鄉下搬回城裡，我說鄉下多好，他說好是好，每天坐在陽台上欣賞湖光，真愜意。可是最近去城裡，跟那裡的朋友一比，發現自己的反應變慢了，談吐也退步了。所以得到個結論——住在鄉下老得快。說到這兒，他停了一下接著講：「但是死得慢！」

多有道理又似乎矛盾的話啊！老得快和死得慢，您選哪個？

不可放任行惡

開車不小心是嚴重的罪惡，因為如果造成自己死傷，是對不起父母和家庭，更對不起自己的生命；如果造成別人死傷，是剝奪無辜者的生命和他一家的幸福。

只因開車不慎，造成對親人和社會的傷害，當然是罪惡！

讓人飆車、灌開車的朋友喝酒或讓醉酒的人開車，也是幫兇！無力行善還能諒解，放任行惡不可原諒。

自己先清潔

聽朋友打電話給在家的兒子說：「等下清潔工要來，把桌子清清，冷氣打開，還有你吃瓜子掉了一地，先掃掃！」我笑問：「不是清潔工要來嗎？怎還要兒子做？」

朋友說：「不行！你不把東西擺好露出桌面，清潔工不好擦；這麼大熱天不開冷氣，清潔工容易馬虎而且滴汗；地上髒會顯得沒教養，讓清潔工瞧不起。整潔是習慣，有清潔工不代表自己不清潔！」

人生處處有福氣

沒有失業，不知有事做就是福氣；沒有衝突，不知有共識就是福氣；沒有戰爭，不知無槍響就是福氣；沒有老殘，不知能動就是福氣；沒有意外，不知平安就是福氣；沒有喪親，不知能看到家人就是福氣；沒見顯微鏡下爭泳的精蟲，不知能投胎就是福氣；沒有死亡，不知能活著就是福氣。

人生一副臭皮囊，能不妄想就是福氣！

我是我，他是他

寒山問：「世間有人謗我、欺我、辱我、笑我、輕我、賤我、惡我、騙我，該如何處之乎？」拾得答：「只需忍他、讓他、由他、避他、耐他、敬他、不要理他，再待幾年，你且看他。」

這段話最過癮的是最後兩句。只是「我自有我由我；他自有他由他。」何必等著看他？他不好，難道我要高興？這境界只怕反而差了。

死的思考

多半人會有兩個悔恨——一是當父母離開世界時，悔恨沒能好好孝養他們；二是當自己離開世界時，悔恨沒能好好把握生命。

避免遺憾最好的方法是時常想想：如果今天父母不在了、如果今天自己將死了，會如何？

生死，我們總在生死之間忙，卻忘了自己所從生，自己所將死。人不必畏懼死，但不能不思考死這件事。

牡丹的性靈

世人多愛牡丹，可我覺得牡丹極不好畫，而且認為畫牡丹絕不能只在春天寫生，必須四季觀察。如此才能知道其實花王盛夏不見濃蔭，嚴冬惟留枯枝，她的偉大出於平凡，富貴出於厚積。也才能在美豔中表現端麗，在飽滿中呈現敦厚，抓住牡丹的真性靈。

不負不掛不執

你愈有愛和自信，愈能對人說抱歉。

你愛他，不願見他不高興，就算你有理，說聲抱歉讓他高興不是很好嗎？

你有自信，說聲抱歉，只顯示你的寬容大度，不會減少半分，又何樂不為？你道歉，心中坦然了，對方接不接受也就不重要了。

人在天地間要活得自在，不負債、無掛礙、不我執，常知錯、認錯、道歉是無上心法。

年輕往前看

若你往前看都來不及了，就少往後看，否則跑不快；若你往後看都來不及了，就放慢腳步，否則會摔跤。

在外衝刺的往前多瞻望，在家守望的往後多用心；樹敵少的放心往前看，結怨多的小心常回頭。

糧草足的放心往前看，盤纏少的不得不回頭；有伴的往前看，沒伴的常回頭；年輕時往前看，年邁時多回頭。

人生的火爐

你點過柴火嗎？先用紙草引燃小樹枝，再把大塊木柴點著。起初盡量煽風，火勢既穩就掩上爐門，因為火大時熱量足卻滅得快。能維持不涼不火、不浪費不貧乏，才是守爐的高手。

教育和理財也一樣，要由簡易處入手，向深奧處努力。過奢難持久，過簡難溫飽。

得意時消消火吧！失意時煽煽火吧！黯淡時撥撥火吧！

不可一日不敬慎

把綠豆和紅豆一比一倒進桶子攪勻，閉眼拿出三顆，很可能全是綠的或紅的。但是如果抓出一大把，比例就差不多了。

一個人再強壯能從不生病嗎？當感冒流行，身邊一個個全染上了，你沒感冒能講自己百毒不侵嗎？只怕才誇下海口就染上感冒，因為按照機率也該輪到你了。

所以人生天地間，不可自以為不平凡，不可有一日不敬慎。

走進陽光裡

小沙彌跟師父坐車出去，天氣很不穩定。

小沙彌怨：「一下出太陽，一下陰天。」

師父說：「不！是我們一下子開進陽光裡，一下子又開出了。太陽哪天會不出來呢？白天就算颱風下雨，它也躲在雲層後面。所以有什麼不如意，都可以看看天，告訴自己其實太陽等在那兒，就算不照過來，自己也能走進去，走進陽光裡！」

現代人的盲目

現代人很妙！

有時間賺錢，沒時間花錢；有時間拚命，沒時間看病；

有時間教書，沒時間讀書；有時間讀書，沒時間思想；

有時間研討，沒時間研究；有時間開會，沒時間辦公；

有時間寵兒，沒時間孝親；有時間悶頭往前衝，突然

發現沒路了，已經沒時間回頭。

發現桃花源

行到水窮處，別急著轉頭離開，先坐下來看看「雲起時」。

林盡水源，別急著調轉船頭，先看看是否「山有小口，彷彿若有光」。

得意時錯失的美景與桃花源，失意時靜下來找找，很可能就會出現。

大落常是大起之始，困頓常是轉折之機。山窮水複疑無路，受挫時不能冷靜退思的人，不容易柳暗花明、別開生面。

吃苦與回甘

在幼稚園教書的朋友對我說，他中午給娃娃們做了苦瓜湯，好多孩子喝一口就哭著吐出來。

我問何必呢？

朋友說：「苦的食物也是食物，苦味也是人生的滋味。我要讓孩子早一點知道，食物不全是甜美的，有時候苦裡也嚐得出好味道。苦瓜、咖啡苦不苦？為什麼小孩不愛吃，大人卻多半喜歡？所以人不怕吃苦，怕不知道回甘。」

丈夫未可輕年少

教育不是放任，但要識材適性，不能「責羼夫以舉鼎，策駑馬使絕塵」。

世界像個交響樂團，每樣樂器都很重要，小提琴拉不出鋼琴的聲音，鋼琴彈不出長笛的效果。人各有才，人各有志。

世上最可悲的事，莫過於硬逼一支鼓，說：「你為什麼不做大提琴？」

鼓是鼓，琴是琴，天生我材必有用，丈夫未可輕年少！

行走，是為了回家

家在哪裡

小時候，父母家是我的家；上大學，宿舍是家又不像家；結婚後，有他的地方就是家；生子後，終於擁有「我們一家」；孩子大了，兩人守著一個家；老伴走了，子女家是我的家；我也走了，大大的地球是我家。

太好了！我會睡得很安穩，因為再也不必搬什麼家。

讓孩子飛吧！

風箏飛不高，常不是因為風太小或風箏不夠好，而是牽著它的線太重了。

別以為線很細，要想想握在你手裡的線圈有多重，那麼一個小小的風箏，承受得了嗎？

沒有你牽著，它不容易飛起來；但是你一直拉著，它會飛不高。

遠了遠了，就讓它去吧！大了大了，就放手讓孩子飛吧！

半個人

有個留學生媽媽，每天隔海打電話叫孩子起床，自己才能安睡；早上接到孩子報平安，才能安心上班。她說自己是半個人，地球東西各一半。

我安慰她：「誰不是半個呢？」

小時候爸媽好我們才好；戀愛時對方好我們才好；婚育了，孩子好我們才好；孩子成家了，他們好，我們才好。

愛總會牽掛，它使我們只有一半，加上愛，才能完整。

人生的船

少年時，我是條小舟，偷偷拉開帆，駛出母親的眼睛。

青年，我是條揚帆近海的中型漁船，只要看到妻子點起簷前的一盞燈，便返航卸下漁獲，回家晚餐。

中年，我是條遠洋的大船，總駛出海平線造訪異鄉。直到帆破人倦了，才回到故鄉的港灣，讓妻為我縫補創傷。

老年，我帶妻一同出航，如果有一天檣傾楫摧，不得不棄船，就請妻抱著小盒子裡的我，乘孩子的船，回家……

前面的孩子請回頭

為什麼父母的眼裡總有孩子，孩子的眼裡少有父母？因為孩子小時父母總在後面跟著；孩子大了又會走在父母前面；年老時父母比孩子慢得多，就更在孩子後面了。

父母一生都在孩子後面，當然抬頭就能見孩子背影，前面的孩子則只有回頭才能看到父母。哪個往前衝的能夠總回頭？偶爾見到孩子回頭的臉，總是父母意外的驚喜。

愛在當下

一個女生說她很快就要離家上大學，明明應該多跟父母聚聚，她卻躲著，甚至不敢看爸媽的臉；一個留學生說他從小由奶奶帶大，現在回國卻不敢多跟奶奶說話。因為奶奶已經不是記憶中能幫他背書包的奶奶，他害怕奶奶會突然從他眼前消逝。

許多人躲著最親愛的人，是不敢面對失去，到頭來卻失得更多。

愛在當下，你還等什麼？

抱抱他們吧！

擁抱可以傳遞愛和安全感，所以小孩都需要大人抱抱。老人弱了，也需要擁抱，只是他們不好意思說。

你多久沒抱抱他們了？那些把你抱大、而今已經風燭殘年的老人，是不是已經從你的心頭淡去？

抱抱他們吧！趁你還來得及。打個電話給他們吧！即使只說聲「我好想你」，都能給他們滿心的溫暖。

走，是為了回家

故鄉的水特別甜。為什麼有人說「恨故鄉那塊鬼地方，好不容易離開，再也不回去」？是因為恨是忘掉愛的最好方法，還是用怨恨推著自己前進？

孩子離家的時候，明知機場門外有許多淚眼望著他，卻直直走，不回頭。是不是也一樣的心情？

遠行者沒有思鄉的權利，戰鬥者沒有流淚的權利。哭、不捨、思念，還是得往前走。

走，是為了回家！

回到忘川

找個沒事的日子，早上醒來，別急著睜眼，靜靜地懸在半睡半醒之間，想像你在上一個家裡醒來，窗子在哪、浴室在哪、家人在哪……

再接著想更上一個家，窗外可能傳來什麼聲音、媽媽可能正在做啥……

繼續想你更早的家，誰會是你睜眼見到的人？

如果可能，努力想！往意識的深層探索，你的床開始浮動，多安詳啊！漂浮在溫暖的水中……

愛他、毀他、救他

有位母親說她女兒功課爛、亂交友、叛逆，連同學都躲著她，真後悔寵壞了這逆女。我問：「是妳生的？」她愣一下說：「當然！」

我說：「她是妳的孩子，假不了；她是上天給妳的，錯不了。當全世界都唾棄她的時候，至少有誰還能愛她？」

她哭了，指著自己說：「我這個媽媽……」

我說：「對！過去妳可能用溺愛毀了她，今天妳要用無悔的愛去救她。」

單親也是家

有人問我對單親家庭的看法，我一愣，說：「單親家庭不也是家庭嗎？」

如果你是母兼父職或父兼母職，你很不簡單，要加倍保重；如果你長在單親家庭，也不簡單，你要更加獨立，做家的支柱；如果你的父母都在身邊，要感恩。

謝天最好的方法是幫助別人，而非歧視。我長在單親家庭，母子相依，它使我有另一種特質，讓我把握並成就今天。

媽媽！祝您父親節快樂

建議全天下有單親媽媽的孩子，每年父親節也給母親一份禮物，寫上「媽媽，祝您父親節快樂！」有單親爸爸的孩子，母親節也給爸爸一張感恩卡，寫上「爸爸，祝您母親節快樂！」

也希望每個父母早逝的人，有了子女之後，年年給自己一份生日的叮嚀——謝謝上天又給我一年，我要好好保養，讓我孩子能有長伴他們的爸爸和媽媽，別像我一樣，早早沒了爹娘。

向單親爸爸致敬

母親節別忘記父兼母職的單親爸爸。

讓我們對雙重辛苦的爸爸說一聲：「爸爸，祝您母親節快樂！」

也別忘記祖母、外祖母，她們是最容易被忽略的恩人。幼年的恩，我們太小難記得；即使記得，也少啟齒；即使啟齒，也不一定聽得到。就抱抱她吧！「祝您母親節快樂！謝謝您既生了我們的父親或母親，又幫母親做了母親。」

心裡的家園

回到台北童年的故居，老宅拆了，變成樓，倒是隔壁人家居然還在，按說那與我的老宅一樣大，怎麼看卻只有記憶中的一半。或許因為童年個兒小，感覺房子就大；成年人大，房子就變小了。

記得當年赴美，心在故鄉，竟然覺得美國小得像監牢。自由，世界就大，心在哪兒，家就在哪兒。

當老人站不穩的時候

寫個「土」，在上面斜斜畫條線，意思是行將入土，這就是「老」字的頭。

你或許問：「老的腳呢？」告訴你，那一撇一彎兩筆就是了。因為他們弱了，站不直了，即將倒下。幸虧有「子」在下面，把老人背起，成為「孝」字。

你孝嗎？父母，祖父母……那些背過你的老人家弱了嗎？站不穩了嗎？快把他們扶起來，別讓那條斜斜的線，把他們早早帶進泥土。

母親的等待

母親，另一個名字是等待。

等錯了的孩子回頭，等流浪的孩子回家，等不爭氣的孩子爭氣，等失敗的孩子成功。用信心、愛心、耐心來等，就算今生等不著，也到來生等。

站在橋前迎接孩子，擁抱孩子說：「來，讓我們繼續努力，過去你不行是媽的錯，是媽把你帶錯了。媽等了一生，想了一生，終於能夠等到你，跟你說聲對不起，讓我們重新開始。」

思念的思念

比思念更思念的是思念的思念，我思念你會不會也正思念我。

做媽媽的想——孩子忙，忙得沒工夫思念我，別怪他。

孩子可以想——媽媽或許正一邊燒飯一邊惦著我，該打電話回家了！

思念也可以像一盤菜一盞燈，讓人從遠處嗅到、自巷口看見，一股溫暖浮上心頭——我思念的人正思念我的歸來。那不僅是一盤菜一盞燈，而是藏在後面的思念。

天國比不上母愛

如果有飛碟突然出現，要帶你一個人去更高等的世界，在那裡你能長生不老、快樂無限，你去不去？

我猜如果你成年且沒熱戀，就算捨不得父母你還是可能去；如果你是死了老伴的風中殘燭，就算捨不得兒孫，你也可能去；但如果你是個幼小孩子的媽媽，就算娃娃懵懂，你也八成會留下來。

天國再美好也強不過地上的母愛！

當女兒長大了

生物學家發現，大多數動物成年後雄性會先離開家，人卻相反。

所以別怪公主突然變了，她開始對你吼，她跑遠遠的，在舞會蹦跳；好像很開放又很怯懦，很矜持又很高傲；彷彿初長成的小獸溜到曠野，偷偷散發費洛蒙，引來另一半。她雖然對父母有一千個不捨，對那人有一百個不確定，腳下卻不聽使喚，癡癡跟著他，走向他們子女的故鄉。

離家的滋味

「是誰把腳印留在枕頭的後面，使我總聽到對面的聲音？」

每次離家到大洋彼岸都想到這句詩。有太太守在家多好、多安心！彷彿有根線拉在她手裡，讓我飛得高；好像圓規一腳站在圓心，讓我畫出一個圓；而且在寂寞的深夜不孤獨，可以隨時拿起電話，跟地球對面的她談心。

離家的滋味很深，只有遊子才能寫出——月是故鄉明。

養的恩情大過天

如果你跟我一樣，是從小被領養的，向你的養母說聲謝謝吧！謝謝她在茫茫人海裡選了你，也選擇了承擔養育你的責任。

養的恩情大過天！她疼你、愛你、寵你，受你的氣。你在成長，她在老去，且看著你正一步步走遠。

如果可能，常陪陪她吧！如果她已經不在這個世界，學學她，把她的愛延伸，不但疼愛自己的骨肉，也疼愛天下的孩子吧！

孩子像衣服

孩子像衣服，傑出的讓你有面子，可以四處炫耀，但是他們常常很忙又很遠，想見一面都難。

平凡卻體貼父母的孩子像老棉袍，不漂亮卻厚實，而且天愈冷愈覺得溫暖。

一群老人坐在殘年的寒風裡，有罩著華麗錦袍哆嗦的，有窩在老舊棉袍裡暖和的，年輕時炫耀「面子」的前者，此刻常羨慕後者的「裡子」。

請問，你是怎樣的衣服？

不孝有三，自殺為大

台灣頂尖的某中學，上月才有學生臥軌，昨天又一個跳樓。

據說這學生讓女朋友懷了孕，兩家剛協議做人工流產，他卻從高樓躍下。

我不解——他是太重視生命還是太不重視生命？他是為了看重骨肉而內疚，抑或輕忽自己的生命？他死了，那還做不做人工流產？家人會為一個死而讓另一個生嗎？

自殺是比無後更嚴重的斷後，不孝有三，自殺為大！

輸在起跑點

人人希望子女平凡快樂、健康長壽。問題是：

在最需要分泌生長激素的睡眠時，他們睡得夠嗎？

在視力最不穩定時，他們的眼睛獲得足夠休息了嗎？

在最能發揮想像力的時期，他們得到自由的空間了嗎？

希望孩子快樂長壽過一生，他們現在快樂嗎？將來會健康嗎？

別讓孩子輸在起跑點，是早早辛苦到終點嗎？

遠方的爸爸別走遠

爸爸在遠方！

遠方的爸爸會把錢寄回家，遠方的爸爸即使乞討也會隱藏醜態；

遠方的爸爸會把敵人擋在遠遠的地方，不讓我們受驚；

遠方的爸爸會偷偷地流淚、偷偷地療傷；遠方的爸爸總是我們心中的強人，保護我們，不必我們的保護；

遠方的爸爸可能突然倒下，終於離我們遠遠的不再回來……

遠方的爸爸要保重，遠方的爸爸別走遠！

安心的道歉

兒子小時候有一次彈琴錯了音，我順手敲他一下，後來發現他沒錯，就賠他五塊錢，但他接著還我三塊，說：「敲得不痛，兩塊就好。」

每次我罵他，一定給他辯解的時間，他說得對，我也道歉。

道歉是平等和彼此尊重的體現，有時候我們甚至可以向爭執中死不認錯的愛人道歉，歉的不是錯，是惹他不高興。因為愛沒有輸贏，只有安心。

父母沒長大

有個學生對我抱怨每天媽媽接送她，有時候她沒忙完，知道媽媽在樓下等，急死了！好幾次把事搞砸，上車臉色不好還被罵沒良心。

學生說：「我知道她愛我，問題是她也綁架我，讓我呼吸都難，交朋友都沒機會。她不知道我成年了嗎？以前她抱我牽我，現在要我牽她抱她嗎？她總認為我沒長大，錯了，是她自己沒長大！」

父母的救生圈

一對兄妹抱怨：「老爸老媽從祖父那裡繼承好多錢，可他們省得要死，說將來好留給我們，但我們現在要創業，要付房租，窮得要死。等他們有一天走了，就算我們拿到錢，也老了，來不及了。」

子欲養而親不待，孝順要及時，沒錯！問題是子女也不待啊！我們不是啃老族，既然希望我們成功，就早一些給我們吧！

別等我們淹死了，才扔下救生圈。

矛盾的愛

嘆「子欲養而親不待」的，親八成已經不待；說「父母在不遠遊，遊必有方」的，八成已經當了父母；說「身體髮膚受之父母，不敢毀傷」的，八成自己的刺青耳洞已是陳年往事。

少年時讀聖賢書無感，直到大了老了才浮上心頭。

聖人何嘗不如此？那些句子八成不是他們少年時說的、寫的。做子女時傷父母心，當了父母又怕自己被傷心。

陪陪老媽媽

一個女學生對我說：「以前晚上十一點我媽就打手機催我回家，我煩死了，常故意不接。不久前我媽突然心臟病發，走了，按說輕鬆了，我卻每到十一點就覺得手機響，接著想到媽媽死了，好傷心！因為怕那感覺，我都早早回家。但是媽媽呢？媽媽為什麼那麼晚還不回家？」

所以，有老媽媽的人，早點回家陪媽媽吧！你久不回家，她就永不回家了！

尊重隱私

進女兒房間，如果她電腦開著，我一定站在遠處或快步走到她書桌側後方說話；兒子上中學之後，我也特別為他臥室裝鎖，進他房間一定先敲門。

我認為就算是孩子的隱私也該尊重。你尊重他，他也尊重你，而且能夠養成尊重別人隱私的好習慣。有個朋友的孩子謀職，最後老總面試，只因他家裡的習慣不好，盯著考官的螢幕猛看，被認為嚴重失禮，就砸了！

不必怨自己

世上最沒得怨的是遺傳，因為得到生命就得到遺傳，拒絕遺傳就得拒絕生命。所幸人生的價值是在有限的基礎上建立屬於自己的東西，在先天的缺點上可以加上後天的成就。

世上最沒得怨的也是孩子，他是你生的，是上天給的禮物，既然接受就得負責，當所有人都不愛他的時候，你還愛他、護他、寬恕他，那才是執著的愛、偉大的愛。

怨尤與關懷

如果跟你住的媽媽打破了碗，你會怎麼反應？

你會怨她太不小心，還是安慰她碎碎平安，然後請她到安全地方休息，再靜靜地把碗碴清乾淨？你會以後時時叮她要小心，還是檢討不該再讓她辛苦？

又或者你會突然發現——她老了，手不穩了，這個把兒孫帶大的媽媽操勞一輩子，不再年輕了，你要更疼她愛她，把握跟她在一起的每一天……

好好飛，別回頭

倚閭盼兒歸的總是父母，九萬里風鵬正舉的總是孩子，「倚閭」後面有個小小的家，「正舉」前面有個大大的天。

不捨不捨你還是得飛，直到你有了閭，盼望你的孩子歸來。直到你終於回頭，發現我們已經不再停留。

今天留不住你，傷心的是我們；明天留不住我們，傷心的是你。但是孩子啊！爸媽也跟你一樣飛過，所以你好好飛，別回頭！

帶孩子、寵孩子、管孩子、教孩子

有個朋友透過仲介找保姆。

仲介問：「你要找帶孩子、寵孩子、管孩子、還是教孩子的？帶孩子的最便宜，吃喝、換尿布、洗澡樣樣行；寵孩子的特疼愛，保證你孩子愛她超過你；管孩子的特嚴，幾點吃、幾點睡、收玩具，按表操課；教孩子的特貴，疼小孩但不溺愛，而且會說英語，讓你孩子贏在起跑點。」

寵孩子、寵老人

你不知將來女婿會不會聽你女兒的話，就現在寵寵女兒，讓她耍耍小姐脾氣吧！

你不知道將來子女能不能好好照顧你，就現在好好照顧自己的父母吧！

多棒啊！你有能力做到將來自己盼望的境界，你為老人家創造了「連你自己都憧憬」的美好晚年。既然讓他們享受到，就算後來自己沒有，也值得驕傲，沒白活了！

留下父母的寂寞

孩子離家在外，妻每天都打電話給孩子，說這樣才能慰藉遊子的失落。

兩個月過去，孩子大概忙，跟媽媽撒嬌的時間愈來愈短。妻說：「也好！孩子有事，表示不孤單，我就能放心了。」

只是你發現自從妻晚上不再跟孩子講悄悄話，就顯得失落。

接下來你自己也失落了，因為轉述孩子故事的人沒了故事，留下寂寞。

翅膀硬了總得飛

為什麼孩子總在父母面前低頭玩手機？

因為父母的心向內，孩子的心向外，外面的世界大得多，外面的世界有他未來的另一半。直到有一天，他成家，才會畫出自己的小圈圈，心向內。

哪對築巢的小鳥不為孵蛋？哪只小鳥翅膀硬了能不飛？心不能向外的孩子很難有偉大的成就，心不能向內的父母很難有美滿的家庭。

近鄉情怯

為什麼近鄉情怯？是怕自己老了、家人老了、老人去了？還是怕不如夢裡歸鄉的美好？又或怕相顧無言，不知從何說起？只要見面就好，只要還在就好，只因又將別離，在一起比什麼都好！

應說「情怯」是因為情太深、傷太深，還沒見面已經怕別離。過年回家的遊子，漂泊倦了，久別重逢居然有著揮手轉身的恐懼。

何處是故鄉

有流浪就有異鄉，有異鄉才有故鄉。

故鄉是什麼？是那裡的水、那裡的人、那裡的爹娘。

有一天老人不在了，親人分散了，還歸不歸故鄉？抑或逢年過節就留在異鄉的家，欣欣等待子女，回到我們在異鄉為他們創造的故鄉？

老人們啊！請別走，別帶走我們的故鄉。

孩子們啊！你走多遠，爸爸媽媽都會是你心靈的故鄉。

讀你千篇不厭倦

孩子啊！你小時候屬於我們的觸覺，大一點，屬於我們的視覺，再大些，屬於我們的聽覺。

所幸摸不到你還能看見你，看不到你還能聽見你，從遠遠的地方，線的那頭，聽到。

只是隨著你日益忙碌，只怕有一天聽你也不容易了，只剩下「已讀」。從電腦上，冷冷的，「已讀」。

但就算只有幾個字，爸爸媽媽也讀你千遍不厭倦。

相會與分離

做愛是相會，生育是分離；回家是相會，出門是分離；生是相會，死是分離。

人生只是在相會分離之間有著不斷的相會與分離，直到有一天別離，不再相會。

只是沒有憂愁就無所謂忘憂；沒有地獄就無所謂天堂。沒有分離的相會稱不上相會；沒有相會的分離稱不上分離。

謝謝分離和困頓，使我們學會把握幸福與感恩。

一個媽媽兩個夢

據說人從胎兒時期就會做夢，所以生命的開始就是夢想的開始。

然後我們夢想做老師、員警、醫生、選手、明星、富豪、領導……只是隨著成長又逐漸夢碎。直到有一天當了爹娘，懷了做夢的娃娃，又開始另一段夢想，夢想那娃娃成為……

多好啊！

娃娃一個夢，媽媽一個夢。肚裡有夢，夢中有夢，一個媽媽兩個夢！

人生的輪轉

孩子小時候要養寵物，你拗不過，為他養了；

孩子漸長，一心向外，寵物成為你的負擔；

孩子離開家，你寂寞了，所幸有寵物陪伴；

孩子戀愛，你卻失去他給你的陪伴，傷心得食不下嚥；

孩子生孩子，你終於有了新的惦念。

孫兒長大要養寵物，你說你老了，沒能力再承擔再失去，嘆口氣說：「別找我，去找你娘！」

全年無休的媽媽

錢是什麼？

錢是賺來的！為錢得付出勞力心血，受氣挨罵，甚至把苦惱在心裡偷偷流淚。

怪不得夫妻會為錢吵架，因為錢也代表犧牲奉獻。

在外賺錢的爸爸偉大，沒出去賺錢的媽媽也偉大！因為她們為了家，可能付出勞力汗水和心血，甚至挨罵受氣，日夜待命全年無休，十足做了犧牲。

手機的寓言

以前你每天一睜眼就找她，撫摸她、凝視她，讓她分享你的心情。後來她跟不上你了，你不得不離開她。別離時，她寬懷大量地把你交代給另一個她，從此隱藏，只偶爾被你不經意地窺見而心頭一震。

這一日你上山下海找個東西，遍尋無著。想起她，她依然含蓄，耐心地慢慢幫你回憶。臨走，你說你又換了新的物件，更漂亮更快，而且很省電。

傳真機的寓言

我家有個頑皮的小鬼，吃東西慢吞吞，說話也不乾脆，嘴裡含著東西支支吾吾，直到把對方氣得尖叫，才將東西咽下去。可又不好好講，哼哼嘰嘰令人不耐煩。這小鬼居然還怪我一次餵太多，害他總噎到。

「去你的！浪費的小鬼，我不要你了！不餵你吃也讓你沒得拉，瞧瞧別人，掃多快、多細膩！還能送彩色的呢！」

一人一個夢
當下成功

進入桃花源

學生抱怨被分發在沒興趣的科系，我說：「你不念念怎能確定它不適合你呢？沒意思的東西，你可以使它有意思啊！好比外表醜又不香的水果，你可以扔掉，也可以剝開嚐嚐。就算不對味，還是多嚐幾口，說不定就愛上了。」

環境不理想，常不是環境不好，是你沒去適應。選系求職都一樣，那是小山洞，捨不得船、不敢進去探險，就見不到桃花源。

夢的小老鼠

夢是一隻小老鼠，你起床太急，牠就躲進洞的深處，讓你看不到，以為牠不存在。

你可以試著前一天先在枕邊留份紙筆，次日半醒時分想想昨夜的夢，寫下一兩個關鍵字，完全醒來的時候再根據這幾個字去回憶。就像抓住小老鼠的尾巴，把牠整隻從洞裡拉出來。

如果你總能追夢，會發現那是個很大的世界，可以豐富你的心靈和創意。當然你也要知道——夢不是現實，夢境雖美，但要行動相隨。

委屈自己

憤懣很重要！如果沒有「不信自己辦不到」的憤懣，很難有過人的成就。問題是現在的教育，把孩子學習的激情壓抑了，過度的寵愛，又把憤懣的契機拿掉了。所以年輕人必須找回對學習和發表的激情，製造非超越自己不可的憤懣。

年輕人不可以對自己太好，今天你不委屈自己，將來自己就可能委屈你。

一人一個夢

上海的大學生說他想去紐約玩玩；北京的大學生說他想去台灣看看；貴陽的大學生說他想到北京發展；黔南鄉下的中學生說他想去一趟貴陽；廣西隆安的小學生說他只想渡過離家不遠的那條大河。

在中國談教育，一個地方一樣孩子，一個地方一種價值，一個地方一種夢想！豈能一概而論？

真正的薪資

好工作不見得薪水高，卻能讓你進步，你會在工作中被逼著學而不斷進步，不斷往上爬。就算在原單位沒機會，出去也是個大家搶的人才。

相反的，薪水高卻學不到東西的，不能算是好工作。因為它八成沒變化，十年後的你跟今天沒什麼差異。它非但不能給你前途，那個單位本身也可能被淘汰。

月薪加上學習的價值，才是真正的薪資。

貴人在哪裡

貴人也是跪人，是你跪著求的人，也是跪著求你的人。為了家不得不拚出一番成就，家就是你的貴人；背著傷兵奔跑，後面又飛來子彈，傷者可能是你的貴人；授張良以兵法、使韓信遭胯下之辱、疊降落傘和鋪安全墊的都是貴人。

報復的最好方法是回頭謝謝那個激發你的敵人。還有，潛能在你身上，別忘了你是自己最重要的貴人。

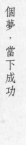

沒未來的易腐化

你的工作能讓你學以致用嗎？如果不能，能讓你學到新東西嗎？如果也不能，能不斷升遷嗎？如果還不能，能領高薪嗎？

有些工作可以發揮，有些工作可以學習，有些地方可以養老，有些地方極易腐化。

沒發揮的容易荒廢，沒學習的容易退步，沒變化的容易老朽，沒未來的容易腐化。如果這四樣都達不到，最好趁早離開。

專業不隨便

我初學網球的時候，朋友介紹了一位職網排名一百左右的教練。他神情專注地拿著拍子站在底線，要我發球給他。我叫他別那麼嚴肅，我才初學。他說知道，但接著又擺出接發球的姿勢。我再強調我打得很爛，他又說他知道，還是那副緊張樣子。

練習結束，我笑他太嚴肅了。

他說：「我是專業，專業對任何人都沒有隨便。」

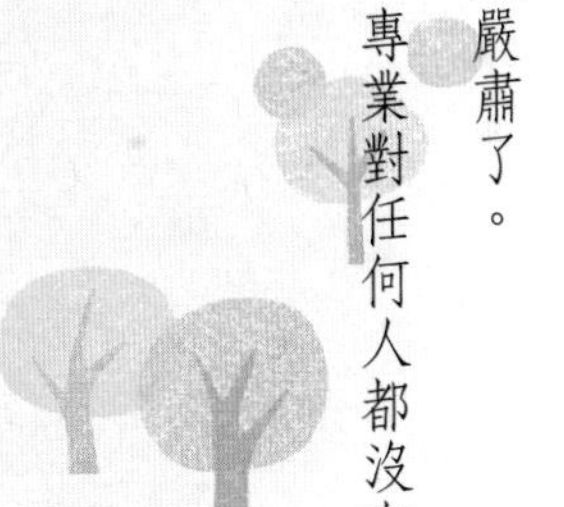

自負別自縛

影劇系不一定能出最好的導演，文學系不見得能出最棒的作家。他們雖然受科班的教育，可以少錯，卻很難不錯；他們的基本功扎實，可以自負，也可能自縛。反觀如賈伯斯，逼過多少專家做他們認為不可能的事、想到多少專家認為的瘋點子？這就叫「橫空出世」！

今天我們不怕錯，怕不敢出錯；我們不缺天才，缺的是沒有框框的教育。

芳蘭別當戶

當你新進一個部門，發現他們專做吃虧買賣，別認為他們是豬八戒，真正的豬八戒可能是你。因為他們存心賠，你省錢他們不謝你，反而恨你。所以當你處處評比，超低價完成任務，該論功行賞的時候，你可能得不到讚許。

碰到這情況別喊冤，誰讓你擋人財路？以你的能幹對比出一堆人的差勁。你以後若不想同流合汙，最好趁早離開。

登高是為了走更遠的路

少年時我很愛登山。有一天正為攻頂得意，一位山地青年笑道，他也常攀上高峰，附近的山頂他都登遍了。每次在山裡迷路，他就爬上附近的高峰，從那裡眺望，確定自己的方向，找尋下面的路。

我常想起他的話，思忖：我們拚命攀上巔峰，是為了成就感，還是為尋找下面的路？獨上高樓只為望盡天涯，還是走向天涯？

錯也能成對

如果你這次考九十分，不滿意，認為下次應該考一百分，很好！但是如果你在大學四年都不高興，認為你應該進更好的學校，就值得檢討了。

「幹一行怨一行」是人的天性，問題是你在怨的時候，對「這一行」盡了多少力？你的怨，只可能讓你惹人厭。

太多人只會怨，說進錯學校選錯行，卻沒想到「將錯就錯」可能「改錯為對」，自成一家。

創造自己的能力

你可以不高，卻成籃球高手；你可以不美，但是別具氣質；你可以穿得不貴，但是另有風格；你可以聲音沙啞，但是談吐優雅。

你可能記憶奇差，但是特有領悟；你可能提筆忘字，卻成為作家；你可能出身寒微，卻功成名就。

長得高、生得美、過目不忘、出身豪門都不稀奇，也不值得驕傲，人的偉大是在天生有限的條件上為自己增加了什麼。

顯示你的存在

人生最忌不存在。開會時你不在，有功你分不到，有過全推你頭上。一群人爭好處，最容易被忽略的是誰？是那不在場的。

就算你在場，也得顯示你存在。從來不問問題的學生會被老師重視嗎？從來不問政的議員會被選民欣賞嗎？所以就算你沒問題，也不能沒聲音。

存在是一切之本，總想想你有沒有存在，會不會存而不在、白來了一遭？

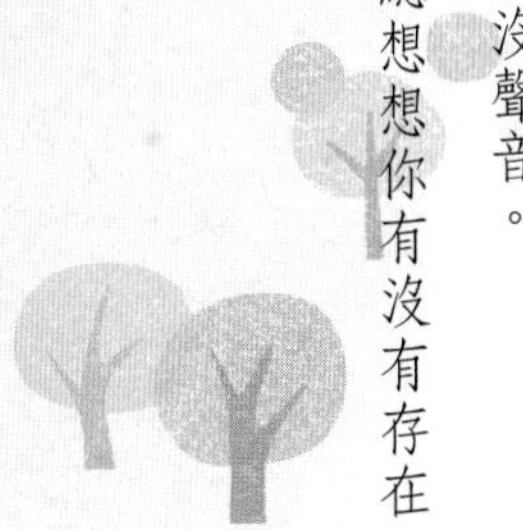

不靠大人靠自己

多年前我去青島，學生邀請我去演講，但是場地臨時出問題，只好作罷。突然學生說問題解決了，他們聯合其他學校租到了更好的演講廳，賣票分攤起來很便宜。

那次演講的場地、音響、秩序都棒，辦得極成功。最重要的是表現了學生的積極態度，當路不通的時候他們不靠「大人」，而是自己解決。

今天就該培養這樣獨立的學生！

推銷意力

有些新產品上市，先讓大家免費試用，因為他們自信顧客一用就會欲罷不能。也有些產品，雖然很不怎樣，卻包裝神祕高級，而且拆封不退，專做一次的買賣。

如果你有實力，求職時可以學前者，不計較工資，因為只要他用了你，就離不開你，從此由你發言；如果你沒實力就學後者，吹捧託送找個肥缺，只要進去，就能混上半輩子。

經驗是學歷

做任何工作，若非志趣不合立刻求去，就最好堅持超過一年半。前者表示你能當機立斷，後者表示你能勝任。

如果你的學歷不夠好，長久的工作經驗可以取代學歷。試想你由一個大公司主管跳槽，別人會看你的畢業證書嗎？相對的，如果你是名校畢業，卻每個工作都幹不久，只怕你不是個性有問題就是書呆子，反而沒人敢用你。

起跑要趁早，但得準備好

「別讓孩子輸在起跑點」這句話要斟酌。

某國家體操隊曾統計，該隊隊員多為前幾個月出生，原因是早期挑幼年選手，大些的較易出線。同樣道理，提早送孩子學習，孩子跟年長的同學相比會吃虧，有些因此失去自信或沒打好基礎，反而影響一生。所以除了音樂類可以早發潛能，讓孩子做班上較大的或許更占便宜。

起跑要趁早，但得準備好。

薪水代表什麼

社會新鮮人不必計較薪水，因為剛起步。但過幾年就不同了，如果老闆說你多重要，卻給你很少的錢，你就得要求了。

因為錢不只是錢，也是價值，薪水代表你在老闆心中的份量。如果他起先看你老實可欺，而今少不了你，必會為你加薪。假使他存心用你這廉價勞工，則會不作反應。遇上這樣的老闆，如果你是千里馬，別拖掉青春，還是另找伯樂吧！

由零開始

有人對你全然肯定，那是讚美也是壓力。因為你已經有一百分，只可能少，不可能多，那壓力使你容易失常。

相對的，如果有人對你全然否定，別傷心！那是最大的傷害，也是最好的激勵。因為他給你零分，使你毫無壓力，即使只得一分，都是對他的反擊，這種憤懣可以作為你激發潛能的動力。

很多反敗為勝的人，都因為善用這種力量。

近親相嫉

嫉妒往往來自熟人。愈是跟你條件相近的，愈可能對你的成功眼紅，因為你把他比了下去。他知道你的弱點，憑什麼不能像你一樣成功？所以他會說你僥倖，扯你後腿，而且極有殺傷力。

相對的，陌生人跟你沒有利害關係，反而可能欣賞你。所以你如果成功，對熟人甚至親戚要盡量低調，你愈把自己的成功歸因於他們，來自他們的傷害愈小。

當下成功

讀過蜀鄙二僧的故事嗎？窮和尚想去普陀山，立刻出發，一路化緣一路走，隔年已經從普陀山回來，富和尚卻還沒出發。

這雖然是老故事，卻很適合瞬息萬變的今天。當你有好點子，必須立刻動手，甚至邊做邊想。好比參加搶答比賽，在還沒完全想出答案之前先按鈕，邊按邊想。

許多人有聰明有構想，都因為不能立即行動而一事無成。

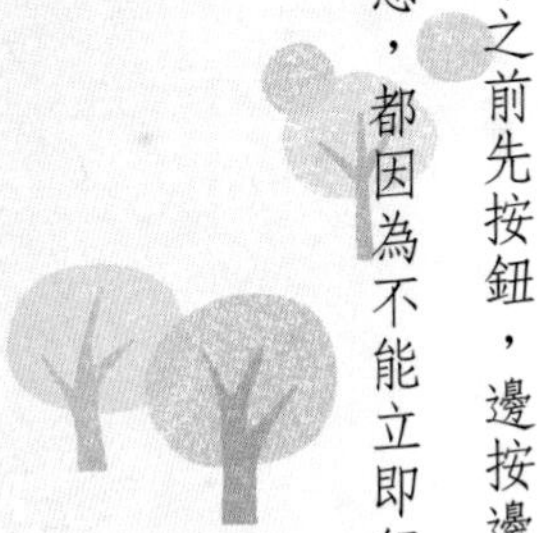

鷸蚌相爭

鷸蚌相爭，漁翁得利，聰明的漁翁會製造鷸蚌相爭。

隔岸觀虎鬥多過癮，除了看好戲還能撿塊虎皮；隔海看兩國相爭多划算，除了扮演和事佬，還能賣兩邊武器。

辦公室也一樣。製造別人矛盾，對第三人有好處，他成為拉攏訴苦的對象，成為關鍵的一票，還能得知許多小辮子和內幕消息。而且當別人鬥得半死，就剩下他一人獨強了！

相信自己最重要

沒自信的人常相信別人的選擇。問題是別人都對嗎？如果他選錯了也自以為是，你就跟著他當豬八戒嗎？

貨問三家不吃虧，所以就算朋友推薦，你也該自己多問幾家。大家都貴，表示你朋友真棒；你問的更便宜，表示你朋友是冤大頭，再不然他想占你便宜！

口碑載道不見得好，因為推薦的人可能很笨，立碑的人可能很詐。

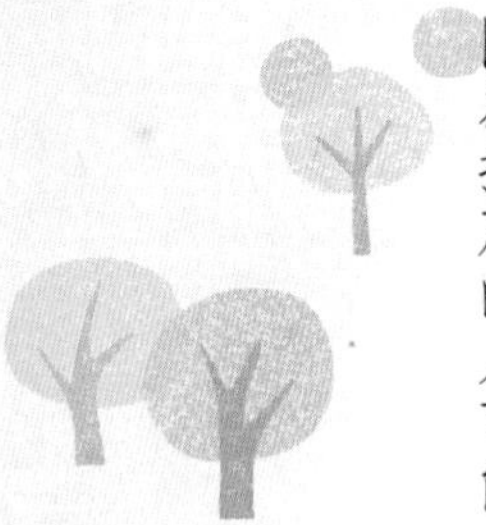

融入工作

世上有幾人真愛自己的工作？

你可以不愛，但不能不愛自己；可以否定那工作，但是得肯定自己。今天你即使對工作不感興趣，還是盡力，這就是對自己的肯定。

「做一天和尚撞一天鐘」、「賣瓜的說瓜甜」都是工作倫理。你不願撞、不願說就不該留，而不是一邊摸魚一邊怨。

要讓自己融入環境或改變環境，而不是只求環境反過來配合你。

會絕學，無常識

一位名醫說他學生時代，只要聽老師說要教幾十年才會遇到一次的病例，就溜課。他很不解——為什麼幾個月遇到一次的教授不多講，卻教幾十年才遇一次的？

有位中學老師也說他最怕出考卷。因為老師們愛互考，唯恐題目不難顯不出自己學問，結果教出一群會絕學卻無常識的學生。

可不是嗎？教育不是耍特技，要從平實有用的地方教起。

是非利害與恩怨

初入江湖，你立志行俠仗義，只問是非不問恩怨。

十年後，你發覺那些你得罪的人，陰狠地勾結謀害你，他們只問恩怨不問是非。

再隔十年，你練就武林絕學，有過節的人都回來捧你，連早年從你家偷去的東西，都主動奉還。

金盆洗手那天，你感觸良多說：「江湖上只問恩怨不問是非，又只問利害不問恩怨，最重要的還是練好自己的武功。」

背影要漂亮

若你有可能被裁員，你可以把公司當做不必繳費、還有錢拿的學校，積極學習，學到的都算賺的。接著把你藏在心底認為公司該改進的地方，好好對長官說出來。你反正要走，沒啥好怕的！

你還要對同事特別好，讓他們以後懷念你，更可以搶著做事，讓公司發現你離開的麻煩大了。

這樣你才能走得漂亮，而且極可能到後來非但不必走，還被大家強力挽留。

大智大仁大勇

大智者必須有大仁，大仁者必須有大勇，大勇者必須有大智。

智者如果不仁，平凡人豈能不受害？只怕被賣了還在幫著數鈔票。

仁者如果無勇，八成會成鄉愿，而且仗著仁者之名，帶頭做出似是而非的姑息。

勇者如果沒大智，很容易成為幫兇，加上衝動和衝勁，誰能擋得住？

所以大智大仁大勇，若非集於一身，就得三者結盟。

一次冒出頭

素來嫉妒你的人知道你要冒出頭，會趁早給你一刀。那刀如果砍在頭頸上，可以把你殺死，免了他心頭之患。但是如果錯過脖頸，砍在你胳臂上，他就完了！你即使受傷也不過斷了只胳臂，剩下那只手一拳就能把他毀滅。

所以別中敵人挑釁之計，也別猶豫地探頭，而要偷偷積蓄力量，以最快的速度一次冒出頭。

當敵人發現不能致你於死，就會龜縮了！

堅持的風險

你一天沒刮鬍子，別人不吭氣；三天不刮，有人問你是否太忙；五天不刮，大家會私下議論你家裡有事。你如果說只是想留鬍子，八成的反應是醜死了。但是當你堅持不刮，隔一陣子有人會說看來順眼了；再隔些時日有人開始讚美其實挺有個性呢！時間久了居然還有人模仿你。

建立風格不難，只要你想好了，而且堅持到底。

小忍大謀

小時候，離家不遠處有間日式的「明星電影院」，一位老先生去看電影，因為穿著隨便，被攔在門口罵。老先生沒吭氣，低頭轉身走了。沒過多久「明星」旁新開了家很大的「國都戲院」，「明星」接著就倒了。我後來才知道，新戲院是那老先生開的。

小忍為大謀，受辱不可忘，默默奮鬥的成功，是最令敵人驚訝的報復。

婦人之仁與江湖之義

史上偉大的領導者多無婦人之仁，而有江湖之義。前者是不瞻前顧後，四面討好；後者是信賞必罰，恩怨分明。前者是當捨即捨，該殺就殺；後者是有恩報恩，有仇報仇。

還有一點是——識人至明又會裝糊塗，立法甚嚴又能法外施恩。因為裝糊塗才能留一手，法外施恩才顯示權威。若處處透明、有理可循，很難令人摸不透而心生敬畏。

苦中也要作樂

名畫家黃永玉說得好：「畫畫就是玩！」音樂體育哪個不是玩？米開朗基羅畫西斯廷教堂如果沒樂子，只怕也畫不下去。

看看小動物，除了覓食不都在玩？連覓食都像玩。人也一樣啊！上班、聊天、上網、出去買個午餐、回來打個小盹，都帶有玩的心情。

戰爭是為和平，工作是為休閒。人不可一日無喜神，苦中也要作樂，才有生的意思。

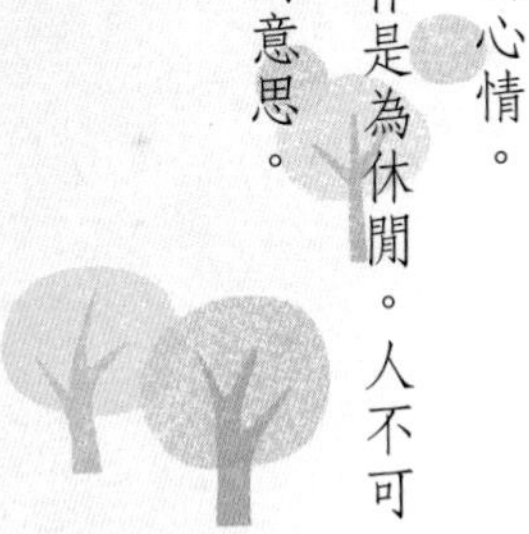

上帥如火，上主如山

孫武曰：「其疾如風，其徐如林，侵掠如火，不動如山。難知如陰，動如雷震。掠鄉分眾，廓地分守，懸權而動。」

故敵以疾攻莫攖其鋒，師法林莽，轉進分散以挫其勢；
敵佈陣如林密不通風，當用火攻以亂其陣；
敵似烈火來襲萬彈齊發，若中山不動火勢自消。
上兵如風，上士如林，上帥如火，上主如山。

貴人的心胸

賈伯斯早年有一陣不洗澡，同事嫌他臭，老闆就特許他上夜班。

美國越戰將士墓徵求設計，林櫻的教授以此當家庭作業，評林櫻B，但建議她送去評選，結果教授落選，林櫻中選。

李安華語片拍得好，洋人居然請英語還講不順的他導演《理性與感性》。

好師長必是貴人，當你有貴人的心胸，身邊就會出現可造之材。

比什麼？

薪水可以比，滿足在自己；美貌可以比，自信在自己；職位可以比，自詡在自己；學校可以比，未來在自己；成就可以比，快樂在自己；孩子可以比，疼愛在自己。

有人樣樣比人強，樣樣不開心；有人處處比人差，卻快然自足。

人可以比，比才有進步，可惜比得了外面比不了裡面，裡面滿意才是真滿意。

忍省

富有靠省，平安靠忍。節省的人要先能賺，賺而節省才能富有；忍耐的人要存實力，沒實力的忍只是怯懦。財主都脫不了個省字，國際都藏了個忍字。省在刀口上，該花的時候要買得下手；忍得有原則，該動武的時候要毫不手軟。

職場也一樣，平常忍辱負重、積攢實力，忍無可忍時才能一飛沖天。

發現深藏的美玉

拍《林肯》不難，拍《悲慘世界》也不難，偉人和名著很容易使人感動。但是拍《少年PI的奇幻旅程》就不簡單了。

李安的偉大在於他能在沙裡淘金，能發現璞石蘊玉，而且能精雕細琢。

這世上有多少深藏的美玉啊！等著沒有掛礙、不講關係、沒教條、沒框架、沒潛規則，卻有慧眼能發現、巧手能雕琢、一心能堅持到底的明主恩師與巨匠。

暗讓一點是陰德

你的員工、朋友、孩子，甚至另一半作弊，有小辮子被你抓到，當他已經吞吞吐吐、下不了台的時候，你有必要扯破臉嗎？就算他被你逮個正著無處可逃，只怕這扯破的臉也難復原，反而成為隱患。

給別人留條退路，就是為自己留條進路。明著寬恕要人感謝是陽功，暗讓一步，只有自己知道是陰德。

天高地厚

朋友公司缺人，我介紹幾個剛跨出名校的學生他都沒用，卻用了個很普通的。還對我解釋：「我這裡是用人的，不是訓練人的。我沒時間帶菜鳥，而且他們可能沒兩天就出國了。」

我說：「可是，據說你用的那個人，雖然打了幾年工，卻不是煮咖啡就是炸雞、端盤子。」朋友一笑：「管他做什麼！職場混過就是不同，起碼知道天高地厚！」

準備被發現

你看到老婦磨鐵杵，大受啟發苦學成功，老婦是你的貴人，有慧根的是你。

你在街頭演唱被藝術經紀人看上，把你捧成大牌。經紀人是你的貴人，表現出色的是你。

你這千里馬在山坡吃草，被伯樂發現。伯樂是你的貴人，有千里潛能的是你。

貴人不難遇到，問題是你有沒有慧根？有沒有本事？有沒有表現？有沒有準備？

尊重每個人的時間

一個企業老闆對我說他最近在面試，如果新人遲到十五分鐘以內，他還會接見，如果超過卻不先打電話，就算到了也不見。

我說：「你怎不想想那是個人才呢？」

老闆一笑：「如果你投籃奇準卻運不好球、接不到球，準又有什麼用？這是個互動的社會，我從沒見過一個連自己時間都管不好，又不尊重別人時間的人能夠真正成功。」

前途與錢途

「錢」這個字真妙，換作貝字邊是「賤」，喚作水字邊是「淺」，換作歹字邊是「殘」。

求財別顯得賤，銅臭別顯得淺，貪瀆別落得殘。

錢途不等於前途！老年人把錢放在第一位還行，因為前途已經不遠；年輕人把錢放在前面就錯了，因為看得遠比什麼都重要。

有前途就有錢途，只看眼前的棋士，很難贏得整盤。

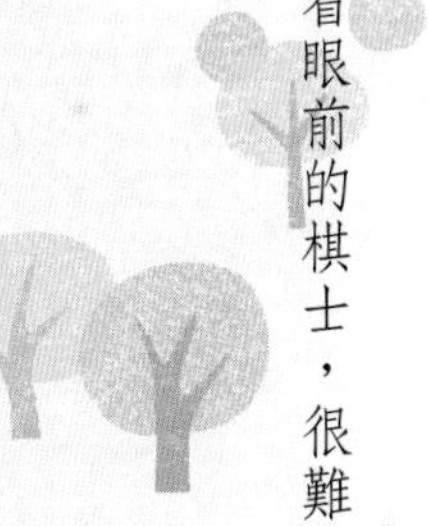

強人不抱怨

同學會兩人遲遲不到，總算進來一個，不停說抱歉，怪他自己沒算好時間。接著另一個也進來了，抱怨說碰上車禍，還指指剛到的那位：「他也遲到對不對？我看見他堵在我前面。」

有人問為什麼前一位怪自己，他卻怪車禍堵車？後者笑答：「他是被人騙了都只怪自己不小心的那種人，我辦不到，所以他今天比我成功。」

有緣，有願，無怨

大愛無懼

我們可以不行善，但是不必猜測別人行善的動機，更不能用慈善團體的不善，當作自己不行善的藉口，甚至四處勸阻他人行善。因為我們的善心不那麼脆弱，我們的良知不那麼容易動搖。

謝天最好的方法是助人，怨天的最好方法也是助人，因為老天對人的不公平，能夠由我們填平。

我們人定勝天！

愁，不必怨恨

「為賦新詞強說愁」，錯了！應該是「為說新愁強賦詞」，哪個少年沒有愁？有了愁才能賦出新詞。

歲月如水，生命如實，憂愁似曲，它們偷偷混合，偷偷醱酵。有人發現時，會恨自己不小心，讓人生變了味，天天自責，甚至拋棄生命。只有懂得深藏的人，能用它培養靈感，釀成醇酒，激發力量。

愁，可以自享，可以品味，可以揮發，不必怨恨！

愛在當下

我曾經拿兩種紅色顏料，各畫一筆，告訴學生它們的價錢差很多，其中之一色澤持久，很貴，另一種是小孩用的，很便宜而且容易變色。然後問學生現在看，有什麼不同？

學生看了半天，答：「一樣啊！」

我說：「愛就是這樣，管他後來變不變色，當下如果能夠『生死與之』，就是真愛！你可以不看好、不承認，卻很難否定它『現在』的真實。」

有緣、有願、無怨

人生旅途，夫妻同行，一個累了說：「我不想走，不能陪你了，你還有力氣就自己走吧！」

繼續前行的在路上可能又結了伴，坐在路邊的也找到不願前行的人為伴。當然也有雖然強壯卻願意陪另一半就此留下的。

還有一種是走得動的那人說：「來！我背你，繼續前進，看看還有怎樣的風景。」

人生旅程沒對錯，有緣，有願，無怨！

成熟、誠熟

多年前有個男生窮追我的女學生，他總約女生吃飯，卻各付各的帳，說因為他還在花家裡的錢，對女朋友大方是對父母不公平，但是時刻想見到她，非見不可。

當年女生跟我抱怨這事，我不知說什麼好。昨天他們倆請我吃大餐，很貴，還喝酒。我心想：「碰上這個小氣鬼，我搶著付帳吧！」

服務生送帳單，我才掏皮夾，女生立刻伸手攔：「他不再花爸爸媽媽的錢，現在都是他付帳了。」

這男生，我欣賞！

只怪她愛上

誰說癡情種子是男人？女人才是。

只因被綁進了山寨，她就可能成為押寨夫人；只因愛上了江洋大盜，她就可能成為搶劫共犯；只因相信有一天愛人會回來，她就站成一尊雕像。

男人播種，女人生養；男人打獵，女人醃漬；男人出征，女人祈禱；男人戰死，女人收屍；男人造命，女人認命。

改變一個女人不難，只要使她深深愛上！

拒聽二手機

現在的人真矛盾：朋友聚會聊天，卻一個個低頭弄手機；跟家人難得的聚餐，也心有旁騖地猛發簡訊。以前說吃裡扒外，現在是吃裡撥外；以前說心不在焉，現在是神遊萬里。

咱們來個約定吧！朋友聚餐要專心，不能打手機，非打不可的出去打。跟長輩用餐要誠意，打手機就是不敬！

為了心靈環保，可以拒吸二手煙，也可以拒聽二手機。

單人床、雙人床

幼年時他們各自睡，戀愛時找到機會就擠在一張小床。
終於結婚，做完愛做的事，相擁在大床。
逐漸火消了，他攝護腺不好，愈來愈愛在夜裡起床，
她也到更年期，一點動靜就醒，於是協議分床。
再過幾年一個先走了，沒走的睡回那張有歷史的大床，
只是空了半邊。
終於兩人又並排睡，可惜骨灰壇和棺材只有單人座，
沒有雙人床。

幫他圓個夢

聽聞新竹有人把辛苦收集的「全年蟠龍郵戳」郵票送展，遺憾的是蓋有光緒三十四年每日郵戳的郵票，獨獨少了二月十三日那一張。消息見報不到二十四小時，居然就有位花蓮人說他手上正好有那一張，他也想集成一整年，但是差太多，乾脆拿來成全別人吧！於是把那張郵票免費送給了新竹的郵友。

天地無私！自己難成真的夢想，如果對別人還有用，就幫別人圓個美夢吧！

姻緣

一個女孩被人口販子拐騙到異鄉，推進個光棍農民的門，哭喊掙扎，安靜了。

清早，女人張開眼，盯著天花板冷冷地問：「他賣你多少錢？什麼？太貴了！我哪值這麼多，咱們吃虧了，起床！找那混蛋算帳去！」

一個莫名其妙的地方，一個莫名其妙的人，一個莫名其妙的事件，突然間有了意義，所有的錯似乎都成為對。

認命的愛情

彷彿抽獎：媒妁之言像選號，自由戀愛像摸彩。

在偶然的地方，遇到偶然的人，就結了個不偶然的緣。跟著那人到異鄉，安身立命也安心認命地落地生根。

有一天，那人死了，你還是守著那塊地，對孩子說那裡的故事，且堅持成為那裡的鬼。

是誰把他塞進你的心，讓你們成為一家人？是誰把你塞到他的懷，任父母哭喚千遍也不回？

當美女愛上野獸

當美女愛上野獸，王子娶了灰姑娘，烏鴉變成鳳凰，那愛情不是被傳頌嗎？「兒不嫌母醜，狗不嫌家貧」，那執著不是被讚美嗎？文化的多元，人種的進化，常不是來自想當然，而是由於想不到。

每次看到美麗的女子，跟著很不怎樣的丈夫辛苦勞動，我先怨她傻，接著肅然起敬，敬她的堅持與安頓，也猜那不登對之中必有超登對之處。

從我做起（一）

我有個朋友在大陸捐建了幾十所希望小學，他沒參加過任何一所的破土或落成典禮。因為他早年到偏遠地區發助學金，地方上請客，盤子疊盤子，算算那開銷已經夠好幾個孩子上學了。

在顛簸的山路回程，他看到只喝了幾口的礦泉水瓶滿車滾，心想大家少浪費幾口，又夠個孩子讀書了。他拿著喝剩的半瓶水下車，心想——從我做起吧！

從我做起（二）

鄰居問我在天花板上沒裝隔音吧？是否覺得樓上很吵，怎麼辦？我說：「是會聽到樓上拉椅子，所以我很小心拉椅子，唯恐吵到樓下。」

鄰居說那幹何事？

我說如果大家都能小心，就都能省下隔音錢了。人人不一定裝得起隔音，但都能把動作放輕些。我管不動樓上，只好管我自己。而且每次看見小心挪椅子的人，都佩服那人的好教養。

心裡的春天

經歷破紀錄的一場大雪，今天出奇地溫暖。跟太太去超市，走在停車場，和風拂面，太太說：「春天了。」我說：「春天還沒真來，可能還會冷上一陣子。」太太一笑：「今天覺得像春天，今天就是春天！」可不是嗎？人都活在當下。但有時只知往遠處憂慮人生，忘記往近處享受生活。今天像春天，今天就是春天！

付出的愛

女人最大的弱點是母性，她可能因同情而去關懷弱小，又因為付出而產生感情。她不是不知道對方配不上她，當親友勸阻的時候，她也確實會矛盾掙扎。這時你最好別貶抑那男生，搞不好只因你罵，她反而會護著他。

很多優越的女生，陷入痞子的懷抱，都不是因為她需要得到愛，而是由於她想要付出愛。

深藏的秘密

哪個人的心底沒有藏著一些異性的祕密？奇怪的眼神，不當的碰觸，魯莽的侵犯……那些關乎她與他名譽的祕密。

男人的醜態男人見不到，愈是美麗的女人愈看得到；女人的醜態女人想不到，只有迷人的男子碰得到。

可能為自己的不堪，可能為對方的不堪，可能為不得不接受的屈辱，他們都深深藏在心底，咀嚼傷痛或綺思，一生。

心靈要充電

每天上網可能收到一堆不容錯過的資訊，讓我們偷了工時，減了睡眠，不再有時間主動讀書，不再有空跟親人聊天，甚至沒時間靜下來思考。

我們在虛擬世界被資訊填鴨、被網路綁架，好像博學卻沒焦點，似乎飽足卻不消化，交遊滿天下卻有孤獨感，回家過節卻躲在房間……竟忘記了心靈要充電、身體要活動、親人要關懷、父母要問安。

只是發生

只想著「善有善報」的行善，不是大善；只想著「養兒防老」的養兒，不是大愛。

當你覺得你對人好，人們反而虧欠你的時候，可能因為你心裡想著回報。當你一心要求別人愛你的時候，你可能已經失去愛的能力。

問世間情是何物，答得出還算情嗎？善就是善，愛就是愛，情就是情，沒有道理，不能評價，很難要求，只是發生。

洗不去的愛

世上最大、最毒、最傷到心靈深處的爭吵都因為愛，問題是爭什麼？爭是非還是爭對錯？

愛沒有是非對錯，只有愛與不愛。吵，只因為還愛，既然甩不開，只好繼續吵，繼續狠狠地用最毒的話去傷害自己和自己最愛的人。

唯一解決的方法是分開一段時間，讓時空淘洗，把所有的爭吵都洗光了、遺忘了，最後發現怎麼都洗不掉的只有愛。

挑到沒有的日子

有位朋友財大，獨生女又是醫生，對未來的女婿很挑。女兒交幾個男友，父母拆幾個，說寧缺勿濫。他們一家真緊密，出門同坐老爸的名車，旅行同搭頂級的郵輪，三口從高處俯視，要挑個夠資格的。

最近有天晚上，媽媽經過女兒房間，看三十多歲的丫頭，一人在黑漆漆的屋裡對著電視。小聲問：「怎不出去玩玩？」

女兒答：「不了！留下來陪你們一輩子。」

向厄運反攻

有位著名的演講家說：「如果哪場講失敗了，就接著安排很多場，用後面的成功平衡前面的失敗。」一個有兔唇孩子的家長說：「除了幫自己的孩子矯正，也以餘力資助別的殘童，心情就變好了。」一位喪夫的婦人說：「才辦完喪事就衝回醫院，幫助得同樣疾病的人，因此平復了自己的哀傷。」

對厄運，要反攻！用公愛治療私愛的失落。

公德會感染

二十多年前某日，台灣的海灘擱淺了鯨豚，只見民眾擁至，紛紛割肉而去。十年前又有鯨豚擱淺，為了搶運到保育中心，連火車都做了調動。最近又聽說為救鯨豚，高速公路上警車開道。

從殘殺到搶救，似乎突然改變。因為人們跟風，原本拿刀的看見有人拿布，會立刻丟下刀，改拿布（覆蓋保濕）。

公德會感染，但要有人率先行動。

彼此依靠的世界

計程車駕駛認出我，說他家以前在我對門賣饅頭，我笑說是吃他家饅頭長大的。他笑說：「怎不說我是靠你買饅頭長大的？」

很平凡的對話卻讓我深深感觸——哪個人不是靠別人長大？清道的、鋪路的、種田的、從軍的，就算好像八竿子打不著的，也間接有關。於是我又對他說：「謝謝你，讓我能準時趕到下一站。」

他笑著說：「謝謝你，我下餐有著落了！」

慶生要感恩

朋友的太太、媳婦和孫女居然同一天生日。他說他都不送禮，只幫她們捐錢做公益。因為如果這個世界因為她們的出生，能有些人受惠才有意義。

生日要感恩，謝謝天佑平安，謝謝父母生養，謝謝師長提攜，謝謝國家培育。

生日要檢討，想想自己從出生到現在做了什麼？學了什麼？能否不負此生？

所以慶生不為炫富，是為感恩。

多數照顧少數

一個城市居民的水準，不能只看高樓建築、車輛商場，而要看他們對弱者的態度。只有當路上的導盲磚都「連續完整」，沒被阻擋；公共場所都設斜坡道，總能見到出遊或洽公的殘疾者時，才顯示民眾不會用異樣的眼光看殘疾者，而且考慮到他們的需要。

由少數服從多數、多數尊重少數，到多數照顧少數，這是社會發展必要的進程。

熱水先結冰

物理彭巴現象是指：把熱水和涼水放進冰庫，熱水結冰較快。

愛情也差不多。愛得死去活來、須臾不能分開的，有一天遠地相隔，可能更快變心。

這跟吃得多的人需要較多熱量，難忍受饑餓的道理也很相似，愛得猛的人只要對方不在眼前就心慌。當溺水者急著抓住浮木，如果屬於他的那塊浮木遲遲不出現，自然會急著找另一塊，那是為救命啊！

爭吵像海浪

多麼親密的人之間都會有摩擦，而且在爭吵時說出令對方驚訝的話。

其實爭吵也有好處，覺得虧欠的一方事後就算不好意思道歉，也會偷偷補償；聽到咆哮的人，平常不知對方心底藏著不滿，正好借機做個反省。

愛像沙灘，爭吵是洶湧的海浪，當大浪退去，海灘依然那麼平，那麼美，那麼柔和，而且留下巨浪帶來的多彩貝殼。

自己人？

紐約一個中國朋友對我說：「千萬別找某華人裝潢，他給白人做得好，給華人做得爛。」

我去責怪那包商，包商怨：「他不願花錢，白人願意花，當然不同。」

隔天我又碰上那朋友就講不是華人做不好，只怪他給的錢太少。

朋友一瞪眼：「他是華人，怎能要白人的價？」

我心想：這是自己人欺負自己人，還是歧視自己人啊？

心寬天地寬

一位富豪朋友的獨子愛上貧家女，他強力反對不成，沒婚禮、不來往、無金援！直到孫子出生才開始走動。

最近我問他近況。他說他羨慕親家的孩子平凡但常帶父母出遊；親家不攀比但過得輕鬆；親家沒出國但附近好吃好玩的全知道。多了不同的親友，接觸不同階層，有了不同價值觀，而今他的心更寬，世界也更大了。

施人慎勿念

「施人慎勿念」，有些人卻施一點就念。原因之一是他沒這份能力卻勉強施善，心疼；之二是他總盼著對方回報；之三是他得意，覺得自己高人一等。

三者都不可取，因為沒這份能力和胸懷就別勉強。但是另有兩種「念」的境界就高了——一是他持續關心，要知道受者的情況如何；二是人溺己溺，他念著每個需要幫助的人。

善緣

好男人常能娶到好太太，好老師常能教到好學生。道理相近。

因為他們好，好女人和好學生會找他們，也因為他們能真誠地愛，能諄諄教誨，不夠好的女人和學生跟了他們之後，也會愈變愈好。

所以娶不到好老婆和教不到好學生的，都該想想問題在哪，是只怪自己不幸？還是要檢討，自己也可能有不足？

選擇

如果今天寒風冷雨，你男朋友要騎摩托車載你上班（或上學），你媽媽說要開汽車送你，你選哪個？

如果你是那男生，會堅持要你女友坐你的摩托車，還是建議她坐媽媽的車？

如果你是那媽媽，會堅持女兒坐你的車，還是由她自己選擇？

乖巧的丈夫

到台北迪化街的霞海城隍廟，小小的廟裡擠滿了人，清一色的女士。倒是門外好多男人，不知是否等裡面的伴兒。

聽見一位女士對解籤人說：「希望丈夫能乖巧些。」多有意思！乖巧不是形容孩子嗎？或許在女人心底丈夫也像孩子吧！如一位香港紅星說的——只有把丈夫當兒子，才能無條件地付出愛，而且寬恕他的錯。

心裡有晴天

出門又是濕冷下雨，同行的朋友怨：「這種天氣讓人不開心。」我說：「如果今天你中了百萬樂透，碰上這種天氣還會不開心嗎？」

他笑笑：「那可就不一樣了。」

所以天氣好壞，開心與否，都在自己心裡。外面有個天，裡面有個天，外面愈下雨，裡面愈要朗日清空。如果裡外一起下，未免太可悲了！

有善念不求回報

當你行了善，一心想著善有善報，等著好運到來，到頭來可能覺得行善反而不順；當你對人好一點，就心心念念，也會覺得好人難做，多管閒事多吃虧。

當你寵孩子，一心想著自己做了犧牲，孩子就會更難令你滿意，讓你覺得冤。

能做則做，沒能力就不做，做了別求回報，否則非但沒善報，還可能引來惡果。

戀愛的春暖與秋涼

秋天雖然是一番雨一番涼，春天卻能一番雨一番暖；老人雖然一次病一次老，少年卻能一次病一次強。

年輕人戀愛也一樣，一番失戀反而一番成熟。戀愛是他們自己的事，苦與悲只堪他們自己消受，做心靈的功課，等自然的平復。

外人不必惋惜也不該竊喜，無須評論也很難安慰，只能偷偷憂心，暗暗關懷，默默陪伴。

別跟自己發怒

當你跟父母或孩子爭執，或跟另一半吵架，你們怒目相視，面紅耳赤。這時看看鏡子裡的你，可能就像你面對的人，那個你所從出或你生養的人，那個跟你朝夕相處、用一樣的牙膏、吃同樣的食物、住同一個房間、愈來愈相似、愈有夫妻臉的人。

你們是在跟自己發怒啊！只有雙輸，沒有贏家。而且愛得愈深，傷得愈重。

劉墉作品集㉔

三言良語

作　者─劉墉
封面設計─陳采瑩
內頁插畫─陳采瑩
內頁設計─Daniel.H
責任編輯─林巧涵
校　對─李昭樺、林巧涵
執行企劃─張燕宜
董 事 長─孫思照
發 行 人
總 經 理─趙政岷
副總編輯─丘美珍
出 版 者─時報文化出版企業股份有限公司
10803台北市和平西路三段二四〇號三樓
發行專線─（〇二）二三〇六─六八四二
讀者服務專線─〇八〇〇─二三一─七〇五・（〇二）二三〇四─七一〇三
讀者服務傳真─（〇二）二三〇四─六八五八
郵撥─一九三四四七二四時報文化出版公司
信箱─台北郵政七九～九九信箱
時報悅讀網─http://www.readingtimes.com.tw
電子郵件信箱─ctliving@readingtimes.com.tw
第一編輯部臉書─http://www.facebook.com/readingtimes.fans
流行生活線臉書─https://www.facebook.com/ctgraphics
法律顧問─理律法律事務所　陳長文律師、李念祖律師
印　刷─華展印刷有限公司
初版一刷─二〇一三年九月十三日
定　價─新台幣二六〇元
⊙行政院新聞局局版北市業字第八〇號

三言良語／劉墉著. -- 初版. -- 臺北市：
時報文化，2013.09
面；　公分. --（劉墉作品集）

ISBN　978-957-13-5817-8（平裝）

855　　102015876